현대시세계 시인선 151

차마고도 외전外傳

조현석
시집

차마고도 외전外傳

조현석
시집

도서
출판 북인

집 하나 올리는 일이 점점 더 힘들어진다.
등단 35년에 다섯 번째 시집이다.
차마고도를 지나듯 힘들게 살았지만
그 어떤 것도 원망하지 않는다.
그 어떤 것도 갈망하지 않는다.
한 갑자甲子 살아냈으니 덤으로 사는 시간이다.
다시 초심으로 돌아가려 한다.
어느 것도 무겁거나 두려워하지 않고
아무쪼록 가볍거나 편안하거나 했으면,
한 가지만 더한다면 맑고 고요하게.

2023년 7월
조현석

차례

1부

내가 봤다

평평 울었다 아무 이유도 까닭도 없었다 열대야로 밤 늦게 잠들었다 더위 때문인지 악몽 때문인지 몰랐다 요와 베개 사이 빈 공간에 얼굴을 묻고 엉엉 울고 있는 나를, 물끄러미 내가 봤다

자다가 울면서 깬 첫 경험이다 장맛비 퍼붓듯 요란했다 두 눈에 눈곱 앉았지만 베개는 젖지 않았다 한번 잠들면 알람이 울릴 때까지 잤었는데 엉엉 울던 나에게 놀란 나를, 똑똑히 내가 봤다

보름 전부터 가끔 깨기도 했다 새벽 4시 또 폭염 탓이라고 치부하며 잠자리에서 일어나자마자 샤워를 했다 이유 없이 덮쳐오는 불안 때문에 정신 못 차리고 또 엉엉 우는 나를, 내가 봤다

알타미라 벽화처럼

잠에서 깬 후 확실히 깨어났는지 확인하며 등을 곧추세워 벌떡 앉는다 동공 키우며 눈 부라려 암흑의 새벽을 훑는다 혹여 꿈에 못 보고 놓친 것은 없었을까 잠시 숨 멎은 적 없었을까 하는 조바심에 체온이 가시지 않은 자리를 더듬는다

병원에 가면 없던 병도 생긴다는데 영안실에 가면 아득히 잊고 지냈던 것들이 줄줄이 떠오른다 옛 집 옥상 보일러 뒤와 거미줄 흔들리는 검은 벽 사이 비좁았던 어린 시절이거나, 지하 사글셋방 쩍쩍 금이 간 방구들의 눅눅했던 청소년 시절이거나, 뒷산 고목 아래 겨우내 썩어 삭아내린 부엽토처럼 아무것도 건질 것 없었던 직장 시절이거나, 알타미라 벽화 한 귀퉁이 흐리게 지워졌을 그림처럼 무미건조한 전생의 작디작은 먼지보다 더 작은 흔적들 오래오래 남았을 거야

미처 꾸지 못하거나 떠오르지 않거나 기억하지 못하거나 한 길몽 따윈 없을 것이라서 견고한 벽화의 어둠이 쏟아낸 진땀 흥건한 악몽들이 울퉁불퉁 솟은 잠자리를 더듬더듬 확인한 후에야 역시 오늘 밤 무사안일을 빌어본다

오리무중

　낮은 처마 밑의 유리창, 밤마다 누군가 두드리는 듯했지 먼지 덮인 금 간 유리창 너머 밤이슬 맺힌 거미줄 정중앙엔 미동도 없는 거미처럼 매복한 사복경찰이 긴 팔다리와 번쩍이는 눈빛으로 집안을 넘겨보고 있었지 징집 거부로 수배 중인 동생은 보름 넘게 도망다니며 어디든 몸을 숨겨야 했지

　보이는 것은 퇴색한 미래야 꿈꿔지는 것은 갑갑한 내일이야 기약할 수 없는 시간을 살아가고 있다고 몰래 전화한 동생의 행적은 오리무중五里霧中, 세상으로 빠져나간 동생의 이불엔 악몽의 검붉은 곰팡이만 뒤덮였지 덕분에 식구들은 달콤한 잠 한번도 이루지 못했지

　횅한 방 안을 둘러보며 미래와 꿈 따윈 없기에 함께 나누지 않아도 된다고 지금 여기 있는 게 훨씬 더 소중하다 대답했지 차갑게 식어버린 이부자리에 대고 어설픈 변명만 되풀이해댔지 나무 뒤덮인 울울창창 숲보다 햇살 좋은 세상에서 떳떳하게 걸으라고 당부했지만 아직도 감감무소식

부석사

해 넘어가는
맞은편 산등성이에 걸린 풍경風磬
한 줄기 바람 없이 흔들리지 않아도

… 무겁지
… 무겁지
… 무겁지

두 손 모아 허리 구부리고
무릎 꺾고 두 손 하늘 받들며
더욱 아래로 더 더 아래로
그 역순으로 땀 뻘뻘 흘리며
삼천 배를 하는 사이에도
끊이지 않게 짓누르는 소리

… 무겁지
… 무겁지
… 무겁지

그것 봐!

부석 앞에 후들거리며 설 때
번쩍 드는 한생각
저 무거운 바위
언제부터 허공에 떠 있었을까
천근만근 근심
툭, 던져놓고

운주사

서서 누운 석가와 천 년쯤 살아낸
앉아서 누운 비로자나불
와불 무릎 아래 차가운 산기슭
맨발 묻은 소나무 서 있지

시련 한번 준 적 없는 하늘 끝
천불천탑 세우며 바라던 소원 있었지
허공에 바람이 새기는 노란 소원
세상으로 퍼져나가는 송홧가루 쪽지

차마고도

바라만 봐도 숨가쁘다

눈길 닿지 못할 깎아지른 절벽과 절벽 사이 산양 한 마리 비어져 솟은 돌멩이들 딛고 뛰어다니느라 분주하다

세 걸음 걷고 멈춰 서서 허리 접고 무릎 꺾어 머리 묻은 순례자가 두고 온 지상의 미련은 더 분주하다

사방팔방 막힌 반지하 셋방 며칠째 식음 전폐하듯 드러누워 별세계에서 벌어지는 일에 입을 다물 줄 모른다

쳐다보기만 해도 목마르다

산꼭대기에 걸린 구름의 시간표엔 남루한 어둠뿐 과거로 되돌아가는 바람과 미래로 뻗어나간 햇빛

서로 마주친 칠흑의 한가운데서 맑은 고뇌의 별들은 총총총 한평생 되새김질해야 할 외로움이다

반지하 먼지 가득한 창문틀 밖으로 비껴가는 먹장구름의 기억을 더 무겁게 하는 장대비 내리는 화면들

깊이 가늠할 수 없는 하늘 아래

무리 짓지 않고 홀로 넘어가는

뿔난 고뇌 한 마리

감탄도 탄식도 못 뱉게 하는

홀로 날뛰던 외길

차마고도 외전外傳

그렇구나, 걸을수록 멀어지고
오를수록 오늘의 끝으로 다가가는
깎아지른 빌딩의 그림자 꼿꼿한 도시
자신을 되비치는 유리창 벽들 빛나고
또 빛나는 길이 시작하고 끝나는
인도 앞과 뒤와 옆, 또 그 앞과 뒤와 옆
그 어디고 천 길 낭떠러지로 이어지니
무작정 앞만 보고 걸어가야 한다
뒤를 돌아보는 후회 따위는 남기지 말고

아하, 추락은 가능해도
상승이나 횡단과 추월은 허용되지 않는
어떤 것도 그림자 남기지 못하는
금빛 햇살이 소리 없이 녹아내리는
바람마저 툭툭 끊겨 가쁜 숨소리
메아리로 되돌아오는 도시 한복판

백척간두, 아찔한 빌딩 꼭대기
발가락 닳고 짓물러 뭉개지기 전에
도착한 어느 곳

그저 삼보일배 고행을 강요하는데
걸음은 결코 더디어지지 않는다
벼랑이다 걸을수록 기어갈수록
멀어진 세상과 가까워지는
허공에 발 딛듯 안전하게 걸어야 한다

물방울석

돌 하나 내게로 왔다
수억 년 고요의 지층 깊이 갇혔다가
태양의 지표면 온도만큼
뜨거운 지구의 핵核을 품었다가
햇살 서늘한 어느 날 단단하게 식어
강가로 흙 묻은 몸으로 느리거나
또는 세찬 물살에 몸단장하며 뒹굴다가
구석구석 둥글게 다듬어진 돌 하나
내게로 왔다 거무튀튀하게 닳은 돌

비 오는 날 뿌연 유리창에
무수하게 붙잡힌 빗방울들
뜨거웠던 희망의, 한때의 열정의 끝
또는 절망의 끝까지 맛본 고백 못하고
길고 긴 침묵의 덩어리 맺히고 맺혀
태양의 흑점黑點처럼 검게 돋아나
녹이 난 금화 같은 무늬 도드라진 채
검은 좌대 위에 공손하게 눌러앉아
책상 위 컴퓨터 모니터 곁에 섰다
물방울석 하나 내 눈앞에 왔다

빛나는 경계

깊이 모를 사랑은 파랗다

담장 위 알록달록 나란히 늘어선 깨진 병조각들

숨기지 못하는 질투는 날카롭다

허공을 지그재그로 가르는 눈부신 상처들

사랑과 질투의 경계는 얼마나 아플까

들키지 않으려 해도 저절로 드러나는 갈등

언제쯤 저 날카로움 닳아서 파란 하늘로 스며들까

귓속의 바다

귀에 짠물이 들어갔다
짠물에 간힌 날부터 몸살하는
귓속의 바다는
조수간만의 차이가 확실하다
썰물일 때 이길 수 없는 허전함이 넓고
밀물일 때 돌아오는 메아리가 깊다

초저녁 이후 긴 시간을 뒤척거리던 내가
어렴풋이 잠들었을 때
일렁이기 시작하는 물결
파도가 점차 높아지고
화냥기의 붉은 물이 드는 바다
나는 술렁이는 잠에서 깨어
사정 볼 것 없는 귓속을 성냥개비로 후빈다
썩지 말아달라고 소금을 치는데
소금물에 절어버린 귀 안이
여리디여린 귀 안은
못 이겨 성나기 시작한다

팽창할 대로 팽창한 바다는

걷잡을 수 없는 태풍과 함께
달팽이관과 고막을 무너뜨리고
나갔다, 시원하게 뚫린 귓속
평화의 공간이라고 불리던 뒤켠에
낯선 또 하나의 바다가 자란다

나무의 새벽

하늘과 닿은 나뭇잎에 불그스레하게 파먹힌 죽음 문득
내비쳤지 아주 오래 전부터 드나들던 이슬과 햇빛, 스쳤던
바람의 흔적들 잎맥으로 모두 스며들었지 잠깐 눈 감았다
떴다 싶을 시간 소신공양하듯 활활 타오르던 해질녘

황혼 직전 타오르던 불의 문장들은 하늘 어디쯤 새겨지
지 않았을까 잠들기 전의 반성은 수많은 별을 끄집어낸다
하지 세상을 밝히던 불춤의 의문부호들은 왜 성급하게 사
라졌을까 잠깐 졸다가 깨어나고 잠깐 깨다가 다시 졸고 마
는 시간 그 속에 품고 갈 인생의 흔적은 있기나 했을까

언제 뜨거웠던 적 있을까 싶게 달뜨게 했던 시간 모두 흩
어지게 하고 반쯤 타다 반쯤 그을리고 만 나무 한 그루, 하
늘과 땅 구분 모호한 동쪽 향해 돌아앉으니 밀려오는 억겁
의 미망迷妄들 엊저녁 노을 사라지듯 기나긴 그림자도 미
명 속으로 스며드는 순간 스스로 깨어나는 새벽의 등신불
等身佛

상현 上弦

어스름 퇴근길에 뜬 반쪽 달
덩그러니 처다보며 우울했던 적 있네

잠깐 떴다가 사라지는 달이
슬프냐고 물어주고 측은해주기도 했네

따스한 인적은 가닿을 수 없이 멀고
드넓은 하늘 혼자 흘러갈 수밖에 없네

귓바퀴에 걸리는 고뇌의 음악은
끊어지지 않고 계속 이어진다네

상현, 그 예리한 각에 삶이 베이네

개기일식

보이는 것을 믿지 말라고 일러준다

두렵도록 똑바로 마주보며 꼿꼿이 서 있다

낮게 깔린 물안개 띠 위로 떠 있는 나무들은 곧지만 검다

서서히 사라지는 태양을 바라보다 잠깐 눈멀고 만다

내 그림자가 사라지는 뜨거운 악몽 삼키는 짧지만 긴 시간

사라지면, 결코 제자리로 되돌아오지 못할 마지막 한 점

사방팔방 모두 거칠 것 없는 벼랑, 툭 하고 밀면 사라질

태양이 사라졌다 다시 서서히 제 모습 드러낸다

또 다른 악몽으로 남을, 눈에 보이는 시간이었다

모두 믿어 의심치 않는 것은 반드시 의심해보라 한다

초승달의 위로

바람 잦아들고 어스름 돋아날 땐
어떤 음악 소리가 들릴까
해가 지는 걸 보며 콧소리는
어떻게 흥얼거려야 좋을까

야트막한 산등선 위
하늘을 붉게 물들인 저 빛은
산과 맞닿아
어떤 메아리를 울려 퍼지게 할까

전깃줄 오선지 위에 떠서
조금씩 채워지는 초승달은
언제 어두운 침묵으로 사라질까

한때 소리였을 바람은
어떤 그림을 그리며 지나버릴까
어떻게 허공에 맴돌고 있을까

산책

*

구름 위를 걷듯 가볍게 지나야 한다
몸무게 줄이고 바람처럼 홀가분해야 한다

*

모난 것보다 숨어 있는 것이 무섭다
숨어 있는 가시가 더 끔찍한 것이다
늘 찔려 있어 고통을 곱씹으며 사는 것이다

*

걸어가고 또 걸어가면 굳은살이 벗겨질까
강철보다 단단한 인생을 걸어야 녹스는 굳은살
거칠 것이 없겠지만 박힌 돌을 조심해야 한다

*

원래 이 하늘의 주인이었다고 들었으니
지나는 것들 거추장스럽지 않게
슬그머니 끝을 향해 지나게 해야 한다

2부

궁상각치우

며칠 전부터 듣기 시작한 비가 긋지 않네
늦은 밤부터 이른 낮까지 퍼붓는 빗줄기가 천지에 후줄
근하네
흠뻑 젖은 삭신 몽롱몽롱 구름 속을 걷듯 헤매네

낮은 곳, 깊이를 모르는 곳
어두운 곳, 꽃향기 더러운 곳
그 어디에 떨어져도
소리를 울려 침묵이 되는

새벽 동트기 시작한, 딱 한순간 하늘이 맑게 개네
아직도 떨어지다 만 빗방울 몇 개 어디선가 떨어지네
갈증 길고 길어 메말랐던 목청마저 감미로워지네

붉은 편지

화사한 기억은 두리번대고
희미한 시절은 까마득해라

한겨울 통과한 몸이 먼저 봄빛 들여
붉은 고백 저 안쪽
노란 상처 터뜨리며
사나흘 피었다 통째로 날아든
봄편지 한 통

옅고 얕은 잠 읽고 가는 동박새

동백의 침묵

봄인가 싶어 돌아보면
붉은 눈 치켜뜨고 있지
대숲 외곽 동백은
아침햇살에 처연하고 화사하다
잠시 관심을 거두면 언제 그랬냐는 듯
꽃 떨구어낸 가지 끝마다
텅 빈 울음 또 한번 피워내지
낮은 곳으로 떨어져
온몸으로 다시 한번 피어나지
비로소 목울대 핏빛 꽃이 되지

저 혼자
뚝 뚝 뚝
벼랑 같은 목 꺾어버리지
오는 줄도 가는 줄도 모르고
하염없이, 얼굴만 뒹구는
적막한 봄날

파르르 연두

살포시 실바람이 타는 천 갈래 구름의 현악絃樂
봄볕 좋은 물가에 앉아 귀에 고이는 소리 담는 게지

소리는 발가락을 적시고 무릎으로 허벅지로 굽은 등 짚
고 척추 따라 정수리 거쳐 지그시 감은 눈동자 속으로 차가
운 심장 한가운데 맴돌고 맴돌아 다시 목뼈 타고 백회혈 뚫
고 더욱더 위로 오르고 올라서 동토凍土가 품었던 햇살의
추억에 닿지 그 하늘 끝에 되돌려놓는 게지 자잘하고 소소
한 파문 무궁무진의 허공 뒤덮는 게지

파르르 파르르
흐르고 오래 흘러서 오래도록 길게
갓 피운 연두의 여운, 결코 멈추지 않는 게지

우수雨水

얼어붙었던 땅이 봄볕에 들썩거린다

햇살이 비집고 들어간 땅의 틈새, 사이

얼음에 손발 묶였던 까만 씨앗들

바깥세상 보려고 하나둘 실눈 뜬다

더 깊게 내려가 더 자리 넓히려 꼼지락거리는 잔뿌리들

땅 깊이 들어간 만큼 하늘 가까이 올라서는 풀씨들

가녀린 손가락으로 버티며 연한 얼굴 내민다

봄의 옆얼굴

겨울 오후 회색 담벼락에 두 팔과 얼굴 묻고
숨바꼭질하다 화석이 되어 납작 담장에 숨어드는 술래

떨어지지 못할 질긴 힘줄 뻗은 담쟁이덩굴
살갗 긁어 터뜨리는 바람이 섬뜩한 혹한의 해질녘

꽃 못 피웠던 불임의 길고 긴 시간, 오래 기억해야지
하늘 끝까지 오르려던 핏방울 맺힌 갈퀴손 더 마르게 했지

지평선 너머 그믐달 기울어서까지 귀가하지 못한
미라의 뼈마디만 남은 술래의 그림자
따스한 새벽빛 속에서 슬쩍 본 적이 있지

땅 위로 드러난 검붉은 뿌리부터 조금씩 돋아나는
푸른 피멍들, 영영 오지 않을 것 같던 봄의 옆얼굴

구름의 독설

예고 없이 입으로 밀려드는 검붉은 구름

한 입 맛본 구름은 발끝까지 떫다

짜낸 눈물로 간을 맞추어도 형언 못할 맛

구름의 독설이라고 부른다

즐거운 횡포

꽁꽁 얼어붙었던 손과 발바닥에 박아대는 망치질로

막 돋은 한강 둔치 양지꽃 떨게 하는 응달의 시샘으로

목젖까지 차오르는 꽃샘추위 내뿜는 오래된 흑점의 기침으로

또 살얼음 끝자락 꼼질대는 꽃잎 품은 꽃받침 속으로,

언제 어디서든 너무 변화무쌍하여 도무지 피할 수 없는

겨우내 버티던 천 번의 인내에서 되살아나게 하는 의지로

장난기 가장한 심술궂은 천의 얼굴 지닌, 저 바람의

춘경 春經

소한과 대한 지난 엄동嚴冬의 끝
시퍼런 하늘 그 틈새로 새어나오는
바람 포근하더라
햇살의 혀끝 하염없이 부드럽고 또 부드럽더라
겨우내 꼼짝하지 않고 지레 드러누웠다면
바람과 햇살의 색다른 친절을 맛보겠는가
한 방울 물도 스미지 못하게 하고 가두지도 않고
산정山頂 위로 모두 날아오르게 하더라

들녘에는 뚫고 일어서고 불타오르는 것뿐이더라
돌멩이에 이끼 돋아나기 시작하고
빈틈 보인 하늘도 빗장 풀어
흩날리며 빛나는 아지랑이 한 말씀 내뱉더라

스스로 뚫어내지 않고
스스로 일어서지 않고
스스로 타오르지 않으면
어찌, 봄의 깊은 속을 새긴단 말이냐

오월

1
이층에서 삼층 오르는 계단 중간쯤
황사 낀 유리창 너머
봄이 가고 있다 피곤하고 아련하게
옅은 초록에서 점점 짙고 푸르게 멍이 들어가는
시선 끝의 작은 산들과 건물 가까이
서 있는 나무들

2
어스름 속으로 숨어들어갈 즈음
소리도 없이
검붉은 피멍의 새 한 마리 날아간다

잠시 눈길 떼었다가 다시 보아도
아직 그 자리인 듯 푸드덕거리며 계속 날아간다
허공에 떠 있는 네 고통과 구슬픈 울음소리마저
그 날갯짓으로 털어버리는 게 맞다

3
눈 깜박이는 순간마다 망막 안에 남는

하늘을 껴안아도 그냥 떠도는 먼지
안 보이는 점 하나일 뿐
흐려진 잔상들이 검푸른 도화지 위에
마구잡이로 뒤섞여버리는

4
그래 봄, 짧디짧은 봄일 뿐
한순간 참았다 한꺼번에 성질내듯 핀 꽃들
피멍 든 새가 푸드득 푸드득 날아가는 동안
여름은 꽃을 피우는 깊고 깊었던 고통 따위는 몰라

불꽃

오월은 두 눈 부릅뜨고 살아 있기 좋은 계절
알알이 매실 달리고 사과꽃 피어나는
하늘 위로 신맛 단맛 서서히 물들어 갈 즈음
뿌리는 뿌리들끼리, 작은 잎은 작은 잎들끼리
쓴맛도 몰래 넘겨주곤 새침 떤다
햇살 강렬해지는 한낮은 잠시 죽기 좋은 시간
무덤 위에 입힌 떼도 튼실하게 잘 자라
장마철에도 떠내려갈 고민도 없어지고
장미마저 검붉게 농익어 떨어지고
비어가는 하늘에 능소화 등불 슬며시 내건다
화무십일홍花無十日紅 틀린 적 없다
짧은 아쉬움 감추지 못해 붉어진 아비의 얼굴
꽃 피고 지는 사이사이로 벌 나비 훨훨 날고
얇은 날개에 혼 실어 천국은 아닐지라도
가고픈 불꽃지옥이라도 데려다줄는지 몰라

나비의 내통 內通

수만 가지 꽃이 미명 未明으로 나는 나비에게

꽃향기 덧입은 바람이 휘청거리는 나비에게

환장하게 눈부신 봄볕에 울컥하는 나비에게

은밀한 언어 말고 모두 다 알아들을 몸짓으로

그늘에서 그늘로 건너가게 하는 저 징검다리 햇살

제발 눈부신 어둠에 가두지만 말아줘

길고 긴 어둠의 신비 따위는 이제 없으리니

다들 알아채도 좋을, 내통하는 우리만의 비밀

향기 만 리

흰 눈 닮은 매화가 가장 먼저 피고 연분홍 진달래 다음으로 노란 영춘화와 산수유, 개나리 줄 이어 피어나네 꽃잎이 작아서 잎보다 먼저 세상으로 나서네

알 깨고 나와 금세 날아갈 새 같은 목련꽃은 작은 잎도 함께 피어나기도 하는데 세찬 바람과 차가운 날씨에 누렇게 밟혀 봄뜰로 떨어져 나뒹구네

아무리 그래도 그렇지 꽃이든 잎이든 뭐가 먼저 피어나든 따지지 말라고 꽃 나고 잎 피고 한 열흘쯤 지나면 다시 잦아드는 비애를 안쓰러워하네

우리의 죄는 낙화에만 눈물짓는 것, 꽃과 잎이 혹은 잎과 꽃이 따로 또 함께 피고 돋아도 무심했던 것, 눈이 많이 내렸던 겨울 이겨낸 향기가 만 리까지 나아간다네

아주 짧게 찰랑

하루 그 짧은 순간, 잠시 눈 깜박이는 사이
피어난 꽃들 또 피어나고
물기 머금는 나무껍질 갈라진 틈,
그 사이 사이로 풋풋하고 얇은 바람 한 가닥
나무 고갱이까지 파고들어 얼음 녹이는
순간 떠오르는 화두話頭처럼 찰랑

빛도 어둠도 없던 실바람 이는 봄날
오지 않는 잠 좀 잠깐
눈 붙이려는 그 눈썹 떨리는 순간
잠과 생의 경계 넘어가는 백 마리 양처럼
떨어지는 꽃잎처럼 무수히 날뛰며 흩어지고

붙잡으려 아무리 허공 휘저어도
지나는 바람만 자꾸 손놓아버리는
한순간 비치는 역광의 풍경 짧게 스쳐가듯
화무花舞의 휘황찬란함으로 울컥하는 봄밤

관상점사觀相占辭

이런, 이런 길을 잘못 들었군
딱하다는 듯 독하게 혀끝 차더니
멀건 얼굴 바라보며 또 말을 잇는다

전국 팔도 나돌아다니며 얼굴 팔고 살아야 할 것을 골방
에 박혀 잡생각이나 하며 사니 머리가 쑤시고 눈을 뜨고 살
아도 헛것이 보이지 그렇지 않나 눈 감고 잠들면 이상한 꿈
이나 꾸고 늘 피곤하지

말 잠시 끊고 한숨 푹 쉬더니
당신 사주는 헛것이야
이마에 굵게 박힌 천天 지地 인人 세 길 훑고
인중人中과 하악下顎을 짚으며 막말을 또 해댄다

이왕 그렇게 반백 년 살았으니 그냥 되는 대로 지금껏 살
아온 대로 본 대로 쓰고 말하고 싶은 거 시원하게 내뱉어
그래야 아프지 않을 거야 어차피 한번 살고 가는 거니까 내
길이 아닌 길에 들어도 건널 자리 잘 살펴보며 돌다리 두드
리고 또 두드린 후 건너가면 잘살 수 있어 지금 또 다른 험
난한 길 뛰어들어 발바닥 땀나고 신발까지 해지며 고생할

필요 없잖아 그렇지!

　뒤돌아 문지방 나서는데 뒤통수가 서늘하다
　굳은 철문 나설 땐 왠지 모르게 속시원하다
　탁 트인 앞길로 상쾌한 바람 한 줄기 지나간다

3부

갈대의 자세

온통 붉은 해거름 세상이지요 세찬 바람의 욕설 우르르
몰려와 마구잡이로 흔들어대도 무시하듯 삼켜야 하지요 화
사했던 지난 일 따위 아예 떠올리지 말아요 거친 바람의 혀
끝은 피부를 뚫고 심장까지 파고들지요

무엇을 보는가, 눈을 감았는가 떴는가, 여기 있는가 거기
있는가, 남았는가 혹은 사라지는가, 주절거리는가 화를 삼
키는가, 잠들었는가 혹은 꿈을 꾸는가, 울고 있는가 혹은 웃
고 있는가 아니 울부짖는가…

발목까지 핏물 흥건하지요 바람에 시달리는 갈대는 분노
하지 않지요 그 누구를 위해 울지도 않지요 흔들리는 건 몸
일 뿐 마음은 결코 꺾이지 않지요 무수한 갈대숲 바람으로
속을 채운 갈대 하나 붉은 절규로 섰지요

모래시계

한 알의 시간이 빠져나간다 잇몸이 들뜨고 이명耳鳴이 아
프다 실핏줄 붉은 눈을 감는다 회오리바람에 섞인 작은 돌
멩이가 때려대는 머릿속이 뿌옇다 고통이 흩어져 발목을
자꾸 잡아당긴다

일 초, 일 초, 일 초
시름시름 앓는다
식은땀 폭포처럼 흐른다
영혼이 빠져나간 모래시계 뒤집는다
처음부터 다시 아프기 시작한다

고비사막처럼 눈부시고 목마른 길을 반쯤 걸어왔다 온몸
이 녹아내릴 듯하다 이제 사라진 활력을 충전할 시간이다
뒤집어 잠시 쉬었다가 발목을 빼내고 빼내며 다시 떠나야
한다

뚝

　오랫동안 연락 끊긴 사람에게서 문자 메시지 뚝, 마치 어제 헤어진 듯 물어오는 안부 뚝, 세 끼 잘 먹고 잠 잘 자느냐고 아무렇지 않게 별일 없느냐고 뚝, 깊지도 얕지도 특별하지도 사소하지도 않게 뚝, 연주하다가 끊긴 기타 줄처럼 뚝, 늘어진 그리움이나 연민 그리고 증오 따위나 미련 없이 뚝, 누군가가 흘리는 눈물 닦아주듯 불현듯 그만 울라고 뚝, 끝까지 읽을 수 없는 뚝, 시작과 끝을 짐작할 수 없는 반복의,

휴일의 구름

햇살 강하면 흩어졌다가
신경 덜 쓰는 듯하면 뭉쳐서 놀아야지
넓은 하늘 위 바람이 드세도
마음껏 휘젓고 다녀야지
할 말을 잊게 만드는 먹장구름들
쓸쓸하고 외롭지도 말라는 양떼구름들
갈갈이 찢긴 가슴 어루만져주는 뭉게구름들
여러 구름과 함께 놀기로 한 휴일
어디론가 사라져버릴 모든 구름은 아쉬워

하늘에게 길을 묻는 오후
너무 빠르지 않게
그렇다고 너무 느리지도 않게
석양이 가리키는 길로 가보기로 했지
징검다리 건너듯 그늘에서 그늘로
땀 흘리며 가다보니 어느덧 서쪽인데
마주치는 사람 없어 한결 가벼웠던 하루
조용히 걷는 뒤꿈치를 깨물던 달빛 조각들
서쪽으로 서쪽으로 계속 걸어 몸을 줄이면
고통 없이 잠들 나라에 닿을 수 있을까

안녕安寧

새벽 첫 버스 타고 가다 떠올랐지
외로움이 가장 길었던 그 동짓날
취침등 흐릿하게 켜놓은 그 아파트
맨정신이라면 그냥 지나쳤을 텐데
욕심이나 불만 많은 취기에 젖어 황급히 내렸지
화단에서 목 꺾어질 듯 얼어붙은 채
올려다보다 새벽에야 발길돌렸지

그대 여전히 잘 살아가겠지 그곳도 똑같은 하늘 아래 해
와 달이 뜨고 지고 철마다 꽃도 피고 지고 비바람 불고 앞
길 막는 눈보라까지 휘돌아가겠지 구멍 숭숭 뚫린 낙엽에
짧은 안부 몇 자 전하려 했건만 넋두리만 길어졌지 머릿속
얼음벽에 새기려던 안녕安寧

휘날리지 않고 길게 쳐진 포장마차 비닐천막 뚫은
가로등 불빛 감옥에 갇혀버린 비루먹을 기억
저승에서 내려다보면 웬 청승이냐 하겠지만
혹시나 다시 살고픈 이승의 살맛나는 정경 아닐까
할 말 다 못 적었는데 어디론가 사라져버리는 낙엽 한 장
꽃소식 전해올 남녘으로 불려가다가 얼어붙을

모과의 11월

앙상해진 모과나무 가지 끝

노란 모과 위 탈색된 보름달

덩그러니 홀로 걸쳐 있지

보이지 않아서 더 세찬 칼바람

마구 날뛰는 입동立冬의 밤

어두운 하늘 홀로 떠다니는 시간 내내

상처난 몸으로 목 아프게 노래해도

전하지 못한 그리움 모두 나눠주었는지

가지 끝마다 주렁주렁 달린 모과

새벽녘 더욱더 샛노래진 향기 퍼지는

입동 무렵 온쉼표의 하룻밤

치명治命

바람 일어나지 않아도
아무도 모르게 살며시 피어나는
잔물결조차 출렁이지 않아도
천천히 아주 천천히 물들며 번지는

빛의 앞인 어둠을 먼저 드러내는 붉은 햇살
햇빛 반사하는 심연의 힘을 보여주는 호수
빛과 수면, 그 어디에도 속하지 않는
노랗거나 붉거나 한 노을 끝 지나
치명의 보랏빛 하늘 잠깐

느릿느릿 눈치채지 못하게
짧은 순간 피었다가
뒤섞여 뒤로 숨듯 스며드는
감전되듯 짧게 찌릿하게
죽었다가 깨어나도
얻어내지 못하거나 다시 피우지 못할
그리운 미소 잠시 한번

보름날

응어리진 슬픔이 달려간다
정지 없는 질주
참지 못하는 분노와
부딪혀 깨지는 머리
누구를 위해서든
눈물은 보이지 말아야지
혼자서도 잘 살아왔다고
위로하는 구름 낀 동녘
아침놀 붉게 타는 순간
뒤돌아서서 우는 보름날이다

11월 11일

티 한 점 없이 새파랗게 펼쳐진 하늘

능선 따라 빽빽하게 곧추선 자작나무 벽으로 스며든다

단풍 들면 더 희게 표백되는 나무껍질들과

깊어지는 계절 탓에 더 선명해지는 검은 눈들

눈[雪]보다 흰 고백의 문장이 한 겹씩 벗겨진다

하나 둘 셋 넷 다섯 여섯 일곱…

수북이 쌓일수록 더 선명하게 드러나는 눈빛

고독의 정면과 마주할수록 더욱더 깊어진다

영하 1도와 0도 사이

빈 가지 가득 단 은행나무는 손톱 같은 연녹색 잎을 피운
다 바람에 휘감긴 잎들은 한껏 응석부리는 몸짓으로 흔들
거리며 자란다 은행나무가 다른 은행나무에 다가갈 수 없
기에 바람에 부탁한다

심술궂은 한여름 햇살의 고통을 식혀주는 바람에 은행나
무는 또 다른 은행나무를 위해 명령한다 다가오는 가을을
맞으며 푸른 잎 노랗게 물들이며 깊고 달콤한 꿈 꾸겠구나
이젠 불임의 밤은 없겠구나 가지마다 주렁주렁 황금방울
맺으라고 쉼 없이 바람을 보낸다 여름내 시달린 은행나무
가 늦가을쯤 어설피 잠들다 깨어나다 할 때 바람은 나뭇가
지를 세차게 흔들어 질린 꿈의 알맹이를 모두 떨구게 한다

늦가을과 초겨울 사이 춥다고 느끼는 날 아무도 거들떠
보지 않는 밤 마치 약속이나 한 듯 샛노란 잎들은 한순간 나
뭇가지를 버린다 황금방울도 떨어져 고약하게 썩는 뿌리로
해묵은 열정이 스며든다

침묵의 기억

끔찍한 일이다 바람이 말을 붙여온다 겨드랑이를 간질인다 아는 체하지 않고 살짝 실눈만 뜨고 만다 잠시 잊을 법하면 또 찾아온다 어디를 떠돌다왔는지 쉬지 않고 떠들어댄다 도망가지 못하고 움직일 수 없으므로 어쩌지 못하고 듣기만 한다 바람은 지치지 않고 들려준다 마구 쏟아붓는다고 해야 맞다 그러나 침묵할 수밖에…

때도 없이 달려들던 생각들 도대체 어디에서 돋아나는 핑계였는지 이른 새벽의 몸과 자정 무렵 마음과 아니면 돌발 질문 속 수만 가지 변명을 몸과 마음에 골고루 나누어준다 대답은 천만 년 결코 변하지 않는 것이다 휘몰아친 바람 지나가도 눈 감거나 뜨거나, 곁에 머물러 재잘거리거나 하며 미지未知의 안녕을 걱정해준다 그러니 침묵할 수밖에…

첼로 듣는 아침

벌써 시작하는구나
이른 새벽부터 무에 그리 불만인지
낮은 소리로 구시렁거리는
오랜만에 늦잠 자는 칼귀에
덕지덕지 걸리는 어머니 잔소리
새벽 5시면 절로 켜지는 라디오
더 깊게 잠들려 애써도
무의식 속으로 깊숙하게 파고들어
돌아가신 지 사반세기 지나도
내내 마음 아프게 하는,

불볕독서

그러니까 그때는 모든 것이 암울했다 중천의 태양이 무자비하게 쏟아대는 햇살은 왕십리재개발지구 공터 그늘까지 빽빽이 꽂혔다 청계천 위 삼일고가도로를 씽씽 달리던 자동차 엔진소리는 메아리 끝자락처럼 점점이 사그라지고 곰팡내 가득한 반지하 방구들을 온몸으로 밀고 다니는데 "오늘은 아무 데도 못 나가! 집구석에 돈이라곤 씨가 말랐어 씨가!"라며 녹슨 철대문을 부서져라 닫고 나간 어머니의 난데없는 외출금지령은 얼마 전 겪었던 계엄령보다 끔찍하고 두려웠다 온몸으로 비 오듯 땀만 흘러내린다

영광스러운 클래식 음악이 넘실거리고 커피향 출렁대는 명동의 카페도, 감자탕 맛나게 끓이는 쌍과붓집도 지금 파리를 날릴 테지… 가물거리는 눈꺼풀 치켜뜨고 엎어져서 책을 뒤적거리다가 참! 돈의 씨를 사다가 속성재배하면 어떨까나 했다 "하늘에서 얼마라도 좋으니 왜 지폐가 소낙비처럼 퍼붓지 않나. 그것이 그저 한없이 야속하고 슬펐다. 나는 이렇게밖에 돈을 구하는 아무런 방법도 알지는 못했다. 나는 이불 속에서 좀 울었나보다. 돈이 왜 없느냐면서…"* 자꾸 감기는 눈꺼풀 안으로 외출하는 뒷모습이 어른거린다

*주 : 2연 겹따옴표 부분은 이상의 소설 「날개」에서 인용.

크리스마스 악몽

1

왁자지껄 떠들던 술자리 끝 무렵 잠깐 침묵인 고요하고 거룩한 밤 지새우지 않고 먼저 일어나네요 자꾸 밀려 내려가 무거워진 양말과 돌덩이가 된 신발 끌며 더뎌도 끝내 가야지요

후렴 반복되는 징그러운 노래 부르다 춤 한번 춰주고 가볍게 입술 한번 줬으니 그 밤의 환락은 여전히 그대 몫 그럼 계속된 침묵은 누구의 것일까 해장술 한 잔에 벽에 피었던 곰팡이 다시 별처럼 돋든 지든

2

어렴풋이 새벽이 오네요 홀로 남은 그대는 물어오죠 멀리 날아가 사라진 사랑의 화살 되받을 수 없겠는가고요 이미 길로 나선 내 심장은 너덜너덜해진 표적지인걸요

환한 아침이어야 나를 재워줘요 별빛 가득한 사막 아래 넓디넓은 고독의 잠에서 깨어날 집은 어디쯤 있을까 여기저기 다 둘러봐도 거기가 거기 아닌가요 먹고 마시고 싸는 건 어디든 상관없지만 잠은 한 곳에서 자라던, 온통 농담이었던 내 삶에서 오랫동안 되새긴 금언 한마디

3

비틀거리며 나선 길 때마침 눈 내리면 더욱 좋지요 칠흑
이 되어버린 머릿속으로 쏟아질 거친 눈보라 이건 또다시
맞는 크리스마스 악몽, 아니면 축복 그 무엇이든 어떻게 되
어도 좋을 거룩하고 고요한 밤

휘황한 불빛 넘실대는 대낮보다 밝은 거리 저만치 앞서
간 내 그림자가 남기는 긴 발자국 더듬으며 따라가던 그날
새벽 무릎 꺾인 낙타의 목마른 걸음 같은

동짓날 금요일

폭설이 그친 새벽 5시 티브이 뉴스가 알람 대신 켜진다
기상 캐스터가 오늘의 날씨를 낭랑하게 읽어준다 25년만의
혹한이라 체감온도는 더 낮다고 체온을 보호할 내복과 두
꺼운 방한복은 필수란다

바나나 하나 벗겨 유산균이 살아 숨쉬는 야쿠르트와 함
께 먹는다 생수 한 잔에 아스피린 한 알 새벽 6시쯤 난방이
덜 된 버스로 40분, 만원 지하철로 환승해 10분, 다시 빙판
길로 10분쯤 걸어 맥도날드 아메리카노 한 잔하며 페이스
북에 오늘도 무사히를 올린다

미끄러지듯 사무실에 도착한다 컴퓨터 켜고 이메일과 도
서 주문장 확인 후 카페와 블로그를 점검한다 저렴한 한식
뷔페로 점심을 먹는다 콧구멍에 살얼음 끼고 빰을 찢는 찬
바람 불어도 흰김 내뱉으며 동네 한 바퀴 엉금엉금 눈길 얼
음길 돌고 잠깐의 오침午寢은 필수

오후 편집과 북디자인 일은 얼굴 마주치지 않아도 되는
몇 통의 전화, 카카오톡과 문자 메시지로 마무리 퇴근은 공
무원보다 30분 먼저가 좋다 이미 해가 진 금요일 저녁은 방
황의 시간 어디든 떠돌고 싶다 혼자 떠돌아도 씩씩하다

4부

흑백사진

어느 봄날 낡은 러닝셔츠 바람으로
가게 앞 깡통 의자에 앉아
심각하게 신문 읽는 당신

어느 여름 계곡 할아버지와 일찍 죽은 고모
두 사람 사이 바위에 앉아 흐르는 물에
작은 발로 물장구치는 당신

어느 늦가을 날지 못하는 장난감 비행기에
어린 나를 태우더니
모래바람 세찬 중동 사막으로 날아간 당신

어느 겨울 밤새워 운 듯 눈이 부은 엄마와
귀여운 배불뚝이 나를 가운데 앉히고
조금 억울한 표정으로 앞만 보는 당신

왕십리

　겨울 추위 매서운 입춘 전 희수喜壽를 맞은 아버지의 이사로 왕십리와의 인연은 끊겼다 반세기 전 이불짐 이고 옷보따리 메고 두 동생 고사리손 붙잡고 첫발 디딘 곳, 초등학교 4학년 이후 중고교 졸업 때까지 신당동 왕십리동 도선동 마장동 사근동 행당동 응봉동… 실핏줄처럼 좁은 골목골목 조석간 신문 끼고 새 소식 배달하던 곳, 앞이 보이지 않는 모래바람 극성맞은 중동에서 수년간 오일달러 벌던 아버지가 앰뷸런스에 실려 김포공항 입국장 통과해 돌아온 곳, 기름범벅 공고생이 쪽방에서 밤새워 시 쓰던 곳, 그러면 배곯는다 염려하던 어머니가 덜컥 시인이 된 아들 동네방네 자랑하던 곳, 군대 제대하고 계약직이던 아들이 결혼해 첫 손자 보여준 곳, 뇌졸중으로 쓰러진 어머니를 백 일만에 밤새 비 오던 부처님 오신 뒷날 여읜 곳, 까닭 모를 불이 나서 살림살이 홀랑 타버린 곳…

　어머니 보내고 20년 넘게 홀로 살던 아버지의 이삿짐을 정리한다 장롱 침대 냉장고 세탁기 티브이 가스레인지 전기밥통 프라이팬 등과 재활용조차 안 되는 잡동사니들 모두 버린 곳, 처음 올 때처럼 이불 한 채와 옷보따리, 족보 한 권과 모친 위패, 제사용 목기와 향로만 승용차 뒷자리에 싣

고 뒤도 돌아보지 않고 떠난 곳, 복구된 청계천으로 아직도
청빈清貧이 끝없이 줄줄 흐르는 곳 왕십리

마지막 학기

수업 시간표 속에는 절망만 무성하였다 야윈 나무들은 서둘러 희망을 떨구었다 가을이 깊어갈수록 이유 없는 슬픔을 모두 모은 우리는 늦가을 주일학과酒日學科 신설에 동참했다 보충수업 시간마다 몇 잔의 잔소리에 취해 비틀거렸다

집으로 돌아오는 발목에 차이는 상징과 은유, 뒷목을 잡는 조롱에 온몸이 쑤셨다 밤이면 예고 없이 찾아오는 환한 고통과 동침해야 했다 잠깐 든 꿈에서는 겨울산이 숨긴 낡은 비유와 마무리되지 않는 몽상의 회오리에 쫓겨 맨발로 도망다녔다

혹한은 이미 거리를 점령했고 어두운 강의실 계단을 내려설 때마다 숨 가쁘게 닥쳐올 구직求職과 뒤엉킬 미로를 피할 수 없었다 부도를 막지 못할 약속어음 같은 졸업장보다 앞서가는 걱정을 따라 터덜터덜 교정을 나서야 했다

졸업을 앞두고 청계천 헌책방 거리에서 마주친 우리는 외투 깃을 곧추세워야 했다 입영통지서의 이빨에 깨물린 발뒤꿈치를 지혈하며 각자의 한숨을 긁어모아 포장마차에

서 밤새 술을 마셨다 새벽녘 낯선 미련을 지우는 저 불빛 속
으로 외롭다, 외롭다 자꾸 되씹으며 걷는다

센베 과자

새벽녘 이불 박차고 나와 머리맡에 놓인 누런 봉투를 연
다 부채처럼 펼쳐진 바삭한 과자를 점점이 김가루가 뿌려
진 바깥부터 야금야금 부숴 먹는다 너무 일찍 일어나 단칸
방 곳곳을 누비며 소란스럽던 어린 나를 위해 아버지가 간
밤에 사들고 온 것이다 달콤하고 맛난, 졸린 눈을 비비며
먹는 과자 밤새 방안 가득 작업복에서 퍼져나온 비린 쇳가
루 냄새가 한순간 사라진다

요양병원 침대에 누워 말라가는 아버지를 본다 평생 노
동일로 굵었던 팔다리 근육이 가늘어지고 검버섯과 주삿바
늘 자국 점점이 박힌 피부가 흰 천 위로 드러난다 웅크린 몸
피 작은 침대가 커지고 더 작아진 유월의 아침 평생 몸에서
풍기던 쇳가루 냄새는 불태워져 허공으로 흩어진다 엉금엉
금 기어다니던 유년의 어느 새벽 가루가 된 과자 부스러기
를 핥는다 아버지를 먹는다

*센베 : 전병煎餅의 일본어. 즉석에서 구운 생과자.

백발 민들레

만성중이염을 오래 앓은 칠순 후반의 아버지가
애벌레처럼 누워 있는 감악산 아래 노인요양병원
들길로 난 창틀 너머 바깥세상 잘 보이는 곳
민들레 꽃샘바람 불 때마다 납작 엎어져 웅크린다

눈길이 닿는 허공의 햇살 거르고 걸러
둥글게 뭉쳐놓은 샛노란 현기증의 한 덩어리
마구 뒤엉킨 한 줄의 기억과 다른 한 줄의 추억을
야윈 손가락 들어 쉬지 않고 풀어내려 한다

한순간 백발 되어버린 비쩍 마른 몸
움직이지 못한 채 사방 저물어만 가는데
해가 뜨던 어제의 자리
해가 지는 오늘의 그 자리
태아처럼 웅크려 몸은 굽은 꽃대가 되고
흰 머리카락 풀어 빛의 세계로 돌아가려나

설렁탕 한 그릇

칠순이 코앞인 반백의 아버지와 점심 먹겠다고
꿀렁거리는 차를 끌고 왕십리로 갔다
어버이날인 오늘은 언제부턴가 아버지날이 되었다
기름때 묻은 장갑으로 코밑을 문댔는지 검댕이 몇 줄 새겨진
얼굴로 이젠 같이 늙어간다며 씨익 눈웃음 건넨다
직원도 없이 새벽부터 이른 밤까지 일만 한다고
옆가게 주인이 말걱정을 늘어놓는다

오랜만에 설렁탕 한 그릇 하자며 앞장선다
40년 전통이라는 빛바랜 간판 문구는 옛날 그대로
되돌릴 수 없는 시간이 푹 고아진 설렁탕을 놓고
서로 수저만 놀렸다 벌써 15년째 혼자 사는 아버지가
자신의 뚝배기에서 건진 고기 몇 점을
아들 뚝배기에 넣어주던 그 눈빛이 반짝거릴 그때
왜, 따로 살고 있는 아들 생각이 났을까
오늘 같은 날 안부 전화나 문자 한 통 없는 그놈

푹 익은 고깃점이 목구멍에 걸리적거리는
어머니 없는 어버이날

78

늙어버린 아버지와 식어가는 설렁탕을 먹으며
씩씩하게 살아가는 아들 걱정에
마지막 한 숟가락의 국물이 씁쓸하다
뚝배기 밑바닥에 숭숭 구멍 뚫린 뼛조각 몇 개 남았다

곁

여러 번 당신에게 갔지만 눈을 마주쳐주지 않는다
초점을 잃은 시선은 늘 먼 곳을 향해 있다

이름 모를 새소리 들려오는 병상 끝 창밖의 세상
치매癡呆 꽃 검게 핀 나뭇가지에 걸어둔 시선을 본다

황급히 새가 떠난 듯 가지 끝의 시선도 연신 흔들린다
평소 돌보지 못했던 당신 곁에 벌서듯 오래 서 있다

살아온 기억을 지우는 알츠하이머의 방문들이 하나씩 닫힌다
어느 방문 앞에서는 피멍이 들 때까지 주먹을 두드린다

한 시절의 추억이 삭제된 문턱은 이미 넘었는지도 모른다
수없이 되돌아올 수 있었던 시간도 점점 짧아져만 간다

스핑크스의 질문에 답변 못한 몸은 앙상하게 뼈만 남겨진다
마른 장작처럼 타오를 그날, 당신의 후생後生을 떠올린다

끝나지 않을 노래

사월초파일 세종로 거리를 걸어간다네
붉은 연등燃燈 속으로 들어간다네
연등의 체념으로 온몸이 흔들린다네

잘 살아 있어요 아침 굶고 점심 지나 저녁쯤 소주 두서너 잔
과 컵라면에 찬밥 먹지 말고 막 지은 따순 밥 먹으라는데⋯ 오
늘 무얼 먹었느냐 물어오면 따로 할 말 없지요 티끌만큼 작다
여기던 사랑도 고봉밥만큼 크게 안고 살아가야죠

길었던 식물인간의 백일 밤낮을 뜬눈으로 지새웠네
마른 눈물 담긴 반달은 늘 서녘 하늘에 걸렸었네
마지막 숨 쉬면서도 결국 반쯤 눈 뜨고 있었네

큰 사랑은 작게 생각하라 그리 달가운 소리 아니지요 무덤덤
하게 마지막으로 한번 내뱉던 숨소리 끊긴 아침 짧았지요 이
별은 더욱 짧게 그게 잘 살아가는 거라는데⋯ 꿈속에서라도 잘
가요 부처님 오신 다음 날 보여주던 검붉은 일몰

비통 지나 비원悲願으로 연등은 흔들린다네
오색 연등 침묵 속으로 들어간다네
사월초파일 세종로 거리 걸어간다네

못된 소

에고 저 웬수! 밥만 처먹으면 그저 누워버리니 저걸 어따
써먹어, 늦은 아침과 점심을 겸해 욕까지 배부르게 얻어먹
고 골방에 또 눕는다

담배 한 대 피워물다 스스르 밀려오는 잠
차라리 소가 되었으면 차라리 소가 되었으면 벌렁 드러
누운 내 머리에 심술의 뿔이 돋는다 말라비틀어진 팔다리
에 간질간질 근육이 불끈 일어난다

어디 여행이라도 갈까 도중에
교통사고라도 나거나 기차 전복사고라도 난다면
가난이 득시글거리는 이 집에 두둑한 보상금 나오겠지
도둑 막는 개보다 못한 놈이 그 정도면 효도 아닐까

잠깐 깨어났다가 다시 꾸어지는 꿈
어, 어, 어머니 누런 콧김 뱉어내는 소가 되었어요 음매
으음매 코뚜레에 고삐를 엮어 우시장으로 가요 소가 되어
도 논이나 밭, 거친 들판에도 쓸모없으니 고기라도 되어야
지요

안 일어나! 밥 먹고 곧바로 누우면 소가 된다던데, 차라리 소라도 되었으면 나는 소가 되어도 엉덩이에 뿔이 나는 못된 소가 될 것이다

주렁주렁 아카시아

지금 그녀는 여기 없다
백일 전쯤 늦은 저녁 먹다 갑자기 쓰러져
목젖 부근 구멍을 뚫어 산소를 불어넣었다
몇 날 며칠 간이침대에서 붙어서 밤을 지새웠다
넓디넓은 등 흐무러지고 욕창이라도 생길까봐
시간마다 몸을 뒤집어 구석구석 물수건으로 훔쳐냈다
몽롱한 알코올의 시간이 길어질수록
팔다리, 손가락 발가락 끝마저 움직이지 않았다
마지막이라 여기던 한 대학병원 정문을 나설 때
아득함이 바로 이런 것, 쏟아지는 노란 햇빛이
전부 벼랑이란 걸 알았다
산 너머부터 날아온 아카시아 꽃잎 싸락눈처럼 뿌려졌다
그날 이후 꿈에서조차 나타나지 않는 그녀, 지금 여기 없다
가끔 취해 찾아가는 구파발 쪽 북한산 자락
그날처럼 아카시아꽃들 향기 연신 뿜어대고
하얀 뼛가루 몇 줌씩 바람 속에 던져주는 아카시아
비틀거리며 내려온 해 지는 길거리
바람 불 때마다 스스스 함께 울부짖던 아카시아
해마다 오월이면 그녀의 젖가슴 더듬듯 찾아가
주렁주렁 달린 너를 물끄러미 본다

조용하게 한마디

드문드문 앉은 조문객 사이 오만상의 술 홀짝거리다 가끔 콧물 훌쩍대다 끝내 울어버리는 거다 붉은 눈의 할 말 삼키는 거다 신새벽까지 취하지 않을 사람 가래침 뱉듯 욕지거리 게워내는 사람 조문을 마친 사람들이 한자리에서 또 다른 자리로 흩어졌다 모이고 다시 흩어졌다 모여 떠들다 흥분하고 아무 멱살 부여잡고 분노하다 한순간 독경의 침묵 속으로 빠져들었던 거다

조문객들의 손마다 들려진 술잔 비워진다 구석진 자리 뒤켠 저승 갈 여비 몇 푼 뜯어 미리 주머니에 구겨넣는 사람도 있다 다 울고 난 뒤 실어증 걸린 듯 멍한 눈으로 허공만 바라보고 또 바라보다 망자가 쏘아보는 섬뜩한 느낌에 갑자기 뒤돌아앉는 거다 안 마시려던 술 마시고 또 마셔 억병으로 목 꺾인 무채색으로 박혀 있던 자가 일어나 조용하게 말 한마디 뱉었던 거다

이제 그만 갑시다 꺼억!

마음으로 보라

암실 붉은 등 아래 정확하게 타이머 맞춰
백지 휘휘 저어대면 서서히 형체 돋아나는
아직 가슴 깊게 새겨지지 않은 것들
안개 걷히듯 희미하게 드러나지만
모두 흐릿한 얼룩이지 않기를

미처 드러나기 전, 마음 먼저 아릿해지는데
엄지발가락 삐져나온 양말 가리느라
다른 발로 그 발등 찧던 그 시절의 모습
천방지축, 중구난방이거나 속 깊은 애늙은이거나
혹은 그늘 한 점 없이 참 귀여웠을 꼬마이거나 했을

살이 녹아 흐를 듯 독한 화공약품 안
깊게 잠겨 버텨야만 더 독한 추억을 안겨줄 인화지
경매장조차 취급하지 않을 기억의 추상화 한 폭
행복해지거나 불행으로 슬플지라도
휴대폰, 디지털카메라의 메모리칩 안에 저장되었다가
잠깐 클릭에 삭제되지는 않을

지나온 순간순간 수많은 보여줄 것들

아직 인화되지 않은 것들
너무 많기에 나의 망막 뒤 아주 좁고
작은 뇌실腦室 안에 엉켜 있는
기억 속 암실에서 머무네
귀퉁이 너덜너덜 닳아빠진 검은 지갑 속
빛바랜 흑백사진 한 장으로 남겨질지라도

손가락 끝

이른 새벽 요양병원에 계신
아버지 부음訃音을 받고
깨어나지 않는 잠, 꿈속인 듯
억울하고 슬퍼서 잠시 운다

친구와 후배들에게 메시지 찍으려는데 손목과 팔이 떨
리고 손가락 끝마저 힘이 빠진다 눈물이 가린 작은 자판은
거의 보이지 않고 자음과 모음이 따로 찍히며 자꾸 오타만
난다

뚝뚝 눈물 떨어진 액정화면
손가락 끝이 눈물 위에서
휘청휘청 미끄러질 때마다
불효의 멍이 짙게 번진다

낙타 문답問答

낙타가 사막을
길 안 잃고 가는 건
울음을 따라가기 때문입니다
낙타가 사막을 갈 땐
피를 흘린답니다
선연한 핏자국 따라
가는 길
낙타가 사막을 나오면
뵐 수 있을는지요
저지르고 싶은 밤
　　― 2016년 7월 21일 목 22:00 혜범

그 낙타 울음소리 어디서든 들리는 듯해요
컴컴한 도시 불빛 모두 오아시스 같은데
단봉 물혹 마르기 전에 뵈러 갈게요
　　― 2016년 7월 21일 목 22:04 현석

59분 59초*

수만 가지 욕망 들끓고
업보와 죄악 꿈틀대다

차갑게 굳어버린
오척五尺 몸뚱어리

불꽃으로 타올랐다
연기로 날아가고

한순간 다시 식어
한 줌 재로 남는 시간

*화장火葬에 걸리는 시간.

에드바르트 뭉크의 '귀거래사'

김남호/ 시인, 문학평론가

그의 시는 마침내 '자연'으로 돌아왔다. 도시의 적자嫡子였던 그의 시를 두고 '자연으로 돌아왔다'고 표현한 건 출발지로 회귀했다는 뜻이 아니라 서정시의 근원으로 회귀했다는 뜻이다. "도시의 외곽 마르고 검게 병든 나무들 사이/ 흔들거리는 신호등 — 빨강, 파랑, 초록의 불/ 모두 켜져 나올 곳을 찾지 못하고/ 맴돌다, 주저앉고 말았다"(「벽에게 묻다」, 제1시집, 1992년)던 30여 년 전의 그의 시는 "살포시 실바람이 타는 천 갈래 구름의 현악絃樂/ 봄볕 좋은 물가에 앉아 귀에 고이는 소리 담는 게지"(「파르르 연두」)라고 노래할 만큼 변했다.

그렇다. 조현석의 시가 변했다. "현란하면서도 매끈하게 펼쳐지는 수사와 장식적인 이미지들, 세련된 감상성, 여성성"으로 무장한 채 "도시적 서정"(성민엽)을 유감없이 드러냈던 첫 시집, "어느 곳에도 속하지 않는 불법체류자의 불안"(최인자)에 시적 자아를 기꺼이 투사했던 두 번째 시집, 시의 제목을 모두 "~다"로 끝나는 서술형으로 통일하여 "내면의 고통과 우울"(이재훈)을 끝까지 밀어붙였던 세 번째 시집, "실존적 결핍에서 비롯되는 갈증"으로 "견고한 고독의 세계"(고봉준)를 노래했던 네 번째 시집에 이르기까지 그의 시를 관통하는 정서는 강도의 차이는 있겠지만 '불안'과 '절망'이었다. 물론 이번 시집에서도 그 정서가 완전히 사라진 것은 아니지만 확연하게 줄어들었고, 그 자리를 '자연'의 발견(1부), 지나간 시간에 대한 회한과 성찰(2, 3부), 가족에 대한 그리움과 미안함(4부) 등이 대신하고 있다.

이렇듯 그의 시가 '도시적 서정'에서 '전통적 서정'으로 변했다. 뿐만 아니라 시의 형식도 눈에 띄게 단아해졌다. 시세계가 변하다보니 시형식도 변할 수밖에 없었을 것이다. 그의 이런 변화를 바라보는 주위의 평가는 갈릴 수 있다. 미학적 퇴행으로 받아들이는 비판적 시각도 있을 것이고, 인간적 성숙으로 받아들이는 옹호의 시선도 있을 것이다. 결국 시를 주목해서 보느냐, 시인을 주목해서 보느냐의 차이일 테다. 전자를 두고 '애정 없는 비판'이라고 몰아붙인다면 그들은 후자를 향해 '비판 없는 애정'이라고 맞받아칠 것이다. 어느 한쪽을 선택해야 한다면 나는 비판의 치열함보다는 옹호의 공감 쪽에 설 것이다. 왜냐하면 좋은 시란 '잘 표현된 아픔'이라고 믿으니까. 시인의 아픔에 대한 공감이나 이해 없이 어찌 그 시인의 시를 평가하겠는가.

*

다시 처음으로 돌아가자. 그의 시는 마침내 '자연'으로 돌아왔다. 하지만 그가 자연을 노래한다고 해서 일찍이 기형도가 경계했던 '무책임한 자연의 비유'는 물론 아니다. 불안과 고독, 고통과 우울이라는 길고도 캄캄한 터널 속을 헤매면서 그는 절망과 타협하고 희망과 악수했을 수도 있다.

> 며칠 전부터 듣기 시작한 비가 긋지 않네
> 늦은 밤부터 이른 낮까지 퍼붓는 빗줄기가 천지에 후줄근하네
> 흠뻑 젖은 삭신 몽롱몽롱 구름 속을 걷듯 헤매네
>
> 낮은 곳, 깊이를 모르는 곳
> 어두운 곳, 꽃향기 더러운 곳
> 그 어디에 떨어져도
> 소리를 울려 침묵이 되는
>
> 새벽 동트기 시작한, 딱 한순간 하늘이 맑게 개네
> 아직도 떨어지다 만 빗방울 몇 개 어디선가 떨어지네
> 갈증 길고 길어 메말랐던 목청마저 감미로워지네
> ―「궁상각치우」 전문

시인에게 빗방울은 메마른 삶의 위안이자 스스로를 정화시키는 눈물이다. 오래 전에도 그는 빗소리를 들은 적이 있다. 하지만 그때의 빗방울은 메마른 삶을 적셔주지 못하고

하늘로 되돌아갔다. 그는 두 번째 시집에서 "날뛰던 빗방울들이 하늘로/ 치솟아오르고 굶주린 손끝에서 부서지는/ 물 젖은 빵조각들"을 "불안한 꿈의 끝길을 바라보며"(「호텔 캘리포니아」, 제2시집, 1995년)삼킨다고 했다. 그때로부터 30년 가까이 지난 지금의 빗방울은 어떤가?

며칠째 계속 비가 내린다. 어젯밤에도 밤새 퍼붓듯이 내린 비로 천지는 후줄근하고, 화자의 마음도 습기를 머금어 "몽롱몽롱 구름 속을 걷듯 헤"맨다. 빗방울은 "낮은 곳, 깊이를 모르는 곳/ 어두운 곳, 꽃향기 더러운 곳/ 그 어디에 떨어져도/ 소리를 울려 침묵"을 만든다. 빗소리가 만드는 '요란한 침묵'은 감미롭다. 길고 긴 갈증의 끝에서 비로소 편안한 위로를 받는다. 하지만 빗소리가 위안이 되는 건 조만간 그 비가 그치고 화사한 햇살이 축복처럼 퍼질 거라는 전제 아래서만 유효하다. 그런데 "새벽 동트기 시작한, 딱 한 순간 하늘이 맑게 개"었을 뿐이다. 시인에게 삶의 희망이란 늘 이런 식이다.

그래도 이런 희망이 어딘가. "화사한 기억은 두리번대고/ 희미한 시절은 까마득해"(「붉은 편지」)도 "영영 오지 않을 것 같던 봄의 옆얼굴"(「봄의 옆얼굴」)을 엿보며 "징검다리 햇살"일망정 "제발 눈부신 어둠에 가두지만 말아"(「나비의 내통」)주길 바란다. 이제 그에게 어둠은 어둠이 아니다. 눈부신 어둠이고, 절망도 절망이 아니다. 시원한 절망이다.

이왕 그렇게 반백 년 살았으니 그냥 되는 대로 지금껏
살아온 대로 본 대로 쓰고 말하고 싶은 거 시원하게 내뱉

어 그래야 아프지 않을 거야 어차피 한번 살고 가는 거니
까 내 길이 아닌 길에 들어도 건널 자리 잘 살펴보며 돌다
리 두드리고 또 두드린 후 건너가면 잘살 수 있어 지금 또
다른 험난한 길 뛰어들어 발바닥 땀나고 신발까지 해지며
고생할 필요 없잖아 그렇지!

　뒤돌아 문지방 나서는데 뒤통수가 서늘하다
　굳은 철문 나설 땐 왠지 모르게 속시원하다
　탁 트인 앞길로 상쾌한 바람 한 줄기 지나간다
　　　　　　　　　　　　—「관상점사觀相占辭」부분

　관상쟁이의 점사占辭는 명료하다. "전국 팔도 나돌아다
니며 얼굴 팔고 살아야 할" 팔자인데 "골방에 박혀 잡생각
이나 하며 사니 머리가 쑤시고 눈을 뜨고 살아도 헛것이 보"
이고 "잠들면 이상한 꿈이나 꾸고 늘 피곤하"단다. 어차피
이번 생은 잘못 든 길 아닌가. "이왕 그렇게 반백 년 살았으
니 그냥 되는 대로 지금껏 살아온 대로 본 대로 쓰고 말하
고 싶은 거 시원하게 내뱉"으며 살밖에 다른 도리가 없단다.
기대할 것도 없으니 절망할 것도 없고, 내 길이 아니어도
잘 살펴서 걸으면 그 길이 내 길이란다. 마음을 비우니 점
집을 나서는 뒤통수가 서늘하고, 속시원하다. 막혔던 앞길
이 탁 트이고 상쾌한 바람 한 줄기 지나가는 것 같다.
　그동안 마음 닫고 내 절망에 갇혀서 "낙화에만 눈물짓"
고 "꽃과 잎이 혹은 잎과 꽃이 따로 또 함께 피고 돋아도 무

심했던 것"이다. "겨울 이겨낸 향기가 만 리까지 나아간다"
(「향기 만 리」)는 걸 이제야 알겠다. 절망의 바깥을 본 자에
게 두려울 건 없다. "언제 어디서든 너무 변화무쌍하여 도
무지 피할 수 없는"(「즐거운 횡포」) 운명의 횡포마저도 기꺼
이 즐길 준비가 되어 있다.

*

여기까지만 보아도 그동안 조현석의 시에 익숙한 독자라
면 낯설 것이다. 회색빛 모노크롬으로 일관했던 그의 시가
봄기운으로 알록달록하고, 희망으로 설레기까지 한다. 이
런 변화가 하루아침에 왔겠는가. 어림잡아도 삼십 년이 넘
게 걸렸다. "진땀 흥건한 악몽들"(「알타미라 벽화처럼」)의
시간을 건넌 후에 겨우 다다른 경지이다.

평평 울었다 아무 이유도 까닭도 없었다 열대야로 밤
늦게 잠들었다 더위 때문인지 악몽 때문인지 몰랐다 요
와 베개 사이 빈 공간에 얼굴을 묻고 엉엉 울고 있는 나를,
물끄러미 내가 봤다

자다가 울면서 깬 첫 경험이다 장맛비 퍼붓듯 요란했
다 두 눈에 눈곱 않았지만 베개는 젖지 않았다 한번 잠들
면 알람이 울릴 때까지 잤었는데 엉엉 울던 나에게 놀란
나를, 똑똑히 내가 봤다

보름 전부터 가끔 깨기도 했다 새벽 4시 또 폭염 탓이
라고 치부하며 잠자리에서 일어나자마자 샤워를 했다 이
유 없이 덮쳐오는 불안 때문에 정신 못 차리고 또 엉엉 우
는 나를, 내가 봤다

―「내가 봤다」전문

　그동안 꿈속에서 내가 본 나는 엉엉 울고 있는 나였다.
"요와 베개 사이 빈 공간에 얼굴을 묻고 엉엉 울고 있는 나"
였고, "엉엉 울던 나에게 놀란 나"였고, "이유 없이 덮쳐오
는 불안 때문에 정신 못 차리고 또 엉엉 우는 나"였다. "우는
나"를 물끄러미 보거나 똑똑히 보는, '꿈속의 나'를 의식하
는 '꿈 바깥의 나'는 꿈에서 깨어나도 악몽이었을 테다.

　그동안 그가 살아온 세상은 한번도 환한 적이 없었고, 태
양은 그의 것이 아니었다. 어쩌다 잠시 태양을 마주하지만,
그믐달의 어두운 그림자가 그의 그림자마저 지우는 "개기
일식"의 시간이었다. "태양이 사라졌다 다시 서서히 제 모
습을 드러"내지만 "또 다른 악몽"의 예고편이었다. "보이는
것을 믿지 말라고" "모두 믿어 의심치 않는 것은 반드시 의
심해보라"(「개기일식」)고 어둠은 가르쳤고, 그가 살아온 시
간은 이 가르침이 옳다는 것을 명징하게 확인시켜줄 뿐이
었다. 하지만 그는 더 이상 어둠에 짓눌려 사는 '어둠의 노
예'가 아니다. "어스름 퇴근길에 뜬 반쪽 달" "그 예리한 각
에 삶이 베이"(「상현上弦」)면서도 어둠으로부터 위로받는
법을 터득했다.

바람 잦아들고 어스름 돋아날 땐

어떤 음악 소리가 들릴까

해가 지는 걸 보며 콧소리는

어떻게 흥얼거려야 좋을까

야트막한 산등선 위

하늘을 붉게 물들인 저 빛은

산과 맞닿아

어떤 메아리를 울려 퍼지게 할까

— 「초승달의 위로」 부분

이젠 어둠이 돋아날 때 불안이나 절망 대신 "어떤 음악 소리가 들릴까" 기대하고, 지는 해를 보면서 "어떻게 흥얼거려야 좋을까" 생각한다. "전깃줄 오선지 위에 떠서/ 조금씩 채워지는 초승달"을 보고 어둠을 노래하는 악보를 생각하고, 노래의 끝을 장식할 "어두운 침묵"을 생각한다. 보름달을 꿈꾸는 '희망고문'으로서의 초승달이 아니라, "드넓은 하늘 혼자 흘러갈 수밖에 없"(「상현上弦」)는 단독자의 앙다문 입매로서의 초승달로 바라보게 되었다.

*

그는 어느 날 텔레비전에서 다큐멘터리 〈차마고도〉를 보았다. "사방팔방 막힌 반지하 셋방"에서 "며칠째 식음을 전폐하듯 드러누워" "바라만 봐도 숨가쁘"고, "쳐다보기만 해도 목마"른 〈세상에서 가장 높고 가장 험준하고 가장 아름다운 길〉을 "별세계에서 벌어지는 일"인 듯 벌어진 "입을 다물 줄 모른" 채 보고 있었다.

> 바라만 봐도 숨가쁘다
> 눈길 닿지 못할 깎아지른 절벽과 절벽 사이 산양 한 마리 비어져 솟은 돌멩이들 딛고 뛰어다니느라 분주하다
> 세 걸음 걷고 멈춰 서서 허리 접고 무릎 꺾어 머리 묻은 순례자가 두고 온 지상의 미련은 더 분주하다
> 사방팔방 막힌 반지하 셋방 며칠째 식음 전폐하듯 드러누워 별세계에서 벌어지는 일에 입을 다물 줄 모른다
> —「차마고도」 1연

깎아지른 절벽과 절벽 사이에서 산양 한 마리가 절벽에 비어져 솟은 돌부리를 딛고 분주하게 뛰어다니는 장면을 본다. 떨어지면 기다리는 건 신음조차 없는 죽음일 테니 바라보는 사람이 더 아찔하다. 그 절벽에 난 옹색한 길을 따라 순례자가 삼보일배하며 "두고 온 지상의 미련"을 지우느라 분주하다. "깊이 가늠할 수 없는 하늘 아래/ 무리 짓지 않고 홀로 넘어가는/ 뿔난 고뇌 한 마리"의 모습과 "감탄도 탄식도 못 뱉게 하는/ 홀로 날뛰던 외길"에서 그는 무엇을 보았을까. "과거로 되돌아가는 바람과 미래로 뻗어나간 햇빛"이 만나 "맑은 고뇌의 별들은 총총총" 띄워놓고 있는 〈차

마고도〉의 어둠 속에서 그는 무엇을 보았을까.

아마도 그가 본 것은 "한평생 되새김질해야 할 외로움"이었을 것이다. 화면 속의 사람들은 더 깊고 높은 외로움을 찾아 "걸을수록 멀어지고/ 오를수록 오늘의 끝으로 다가가는", "추락은 가능해도/ 상승이나 횡단과 추월은 허용되지 않는"(「차마고도 외전外傳」) 길을 필생畢生의 원願으로 오르고 있는 것처럼 보였으리라. 그리고 그는 그들에게서 매일매일 '차마고도'의 벼룻길을 오가고 있는 자신의 모습을 보았으리라.

> 그렇구나, 걸을수록 멀어지고
> 오를수록 오늘의 끝으로 다가가는
> 깎아지른 빌딩의 그림자 꼿꼿한 도시
> 자신을 되비치는 유리창 벽들 빛나고
> 또 빛나는 길이 시작하고 끝나는
> 인도 앞과 뒤와 옆, 또 그 앞과 뒤와 옆
> 그 어디고 천 길 낭떠러지로 이어지니
> 무작정 앞만 보고 걸어가야 한다
> 뒤를 돌아보는 후회 따위는 남기지 말고
>
> ―「차마고도 외전外傳」 1연

그랬을 것이다. 텔레비전 화면에서 그가 본 것은 바로 지금-여기였을 것이다. '차마고도'는 달리 있는 게 아니었다. "깎아지른 빌딩의 그림자 꼿꼿한 도시"에서 지금까지 자신이 걸어온 길이 '차마고도'였다. "자신을 되비치는 유리창 벽들"이야말로 "천 길 낭떠러지"다. 절벽과 절벽이 서로 되비추는 도시의 벼룻길에서 그는 "무작정 앞만 보고 걸어가야" 했고, "뒤를 돌아보는 후회 따위는 남기지 말"아야 했다.

텔레비전 속 〈차마고도〉의 주인공이 산양과 순례자였다면, 텔레비전 밖 〈차마고도〉의 주인공은 '나'였다. 나와 산양/순례자는 둘이 아니었다. 그러니 이것은 '스핀오프spin-off'가 아니라 '외전外傳'이다. '스핀오프'가 원작의 등장인물들 중 매력적인 인물 하나를 따로 내세워 만든 새로운 이야기를 뜻한다면, '외전'이란 원전原典의 바깥에서 원전과 동일한 무대를 배경으로 동일한 주인공이 펼치는 다른 서사이기 때문이다. 한마디로 저기가 〈차마고도〉라면 여기도 저기 못지않은 〈차마고도〉라는 거다. 외롭고 두렵고 막막하다는 점에서도 그러하고, 위태롭고 치열하고 아름답다는 점에서도 그러하다.

〈차마고도〉의 주인공들이 그랬듯이 이제 그는 그의 슬픔과 아픔과 절망을 미화하지도 과장하지도 않는다. 도통했다는 말이 아니다. 있는 그대로를 인정하고 받아들일 만큼 '내공'이 쌓였다는 말이다. 이번 시집에서는 오랫동안 그의 시의 전매특허처럼 여겨졌던 "현란하면서도 매끈하게 펼쳐지는 수사와 장식적인 이미지들"(성민엽, 제1집 해설, 1992년)이 많이 사라졌음을 확인할 수 있다. 변했다는 말이다.

*

시가 변했다는 건 시인이 변했다는 뜻이다. 생각해보면, 30년이 넘는 세월의 풍화에 시인이 변하지 않았다면 그게 오히려 이상하지 않은가? 막말로 30년 전 첫 시집을 엮을 때의 '조현석'과 이번 시집을 엮을 때의 '조현석'이 같은 사람이겠는가? 사람은 변한다. 아픈 만큼 변하고, 후회하는 만큼 변한다. 마치 변할 수밖에 없었던 저간의 사정을 해명이라도 하듯이 이번 시집의 4부에는 죽음과 후회로 가득하다. 사랑하는 사람을 떠나보내는 것만큼 아프고 후회스런 일이 어디 있으랴.

이른 새벽 요양병원에 계신
아버지 부음訃音을 받고
깨어나지 않는 잠, 꿈속인 듯
억울하고 슬퍼서 잠시 운다

친구와 후배들에게 메시지 찍으려는데 손목과 팔이 떨리고 손가락 끝마저 힘이 빠진다 눈물이 가린 작은 자판은 거의 보이지 않고 자음과 모음이 따로 찍히며 자꾸 오타만 난다

뚝뚝 눈물 떨어진 액정화면
손가락 끝이 눈물 위에서
휘청휘청 미끄러질 때마다
불효의 멍이 짙게 번진다

―「손가락 끝」전문

임종도 못한 채 부음을 받은 그는 떨리는 손가락으로 "자음과 모음이 따로 찍히"는 "오타"를 애써 바로잡으며 눈물로 아비의 부음을 전한다. 이 시를 쓰는 순간 시인도 고통스러웠겠지만, 시를 읽는 독자도 고통스럽다. 남의 일이 아니기 때문이다. 지나갔거나 닥쳐올 나의 일이기 때문이다. 그래서 공감共感을 넘어 통감痛感하게 된다. 이런 시는 아리고 맵다. 매운 맛은 맛이 아니라 맛 이전의 통증이듯이, 매운 시는 시가 아니라 시 이전의 절규이다. 아버지에 대한 회한과 원망으로 시퍼렇게 멍든 자의 절규이다. 자식의 애끊는 절규를 뒤로 하고 육신의 형상이 사라지는 데는 채 1시간도 걸리지 않았다. 1초가 모자라는 "59분 59초"(「59분 59초」) 만에 한 줌의 재만 남기고 떠났다. 그리고 어머니.

벌써 시작하는구나
이른 새벽부터 무에 그리 불만인지
낮은 소리로 구시렁거리는
오랜만에 늦잠 자는 칼귀에
덕지덕지 걸리는 어머니 잔소리
새벽 5시면 절로 켜지는 라디오
더 깊게 잠들려 애써도
무의식 속으로 깊숙하게 파고들어
돌아가신 지 사반세기 지나도
내내 마음 아프게 하는,

                    —「첼로 듣는 아침」전문

어머니는 아버지보다 훨씬 전에 돌아가셨다. "에고 저 웬수! 밥만 처먹으면 그저 누워버리니 저걸 어따 써먹어" "안 일어나! 밥 먹고 곧바로 누우면 소가 된다던데"(「못된 소」). 젊은 날 빈둥거리는 시인을 향해 "낮은 소리로 구시렁거리"던 어머니였다. 그 어머니가 "돌아가신 지 사반세기 지나도" 아침이면 첼로 소리 같던 어머니의 그 낮은 음성은 "무의식 속으로 깊숙하게 파고들어" "내내 마음 아프게" 한다.

그런 어머니가 떠나고 아버지마저 떠나고 남은 것은 "어느 겨울 밤새워 운 듯 눈이 부은 엄마와/ 귀여운 배불뚝이 나를 가운데 앉히고/ 조금 억울한 표정으로 앞만 보는"(「흑백사진」) 아버지가 같이 있는 한 장의 흑백사진뿐이다. 이렇게 부모에 대한 기억은 아픔과 후회로 온통 시커멓다. 이젠 더 이상 내 아픔을 일러바칠 곳이 없다.

*

이처럼 시인은 자기 몫의 아픔과 절망과 외로움을 견디며 지금-여기까지 왔다. 어머니가 "배곯는다 염려하던"(「왕십리」) 시인이 "덜컥" 된 지도 35년이 되었다. "수업 시간표 속에는 절망만 무성하"고, "각자의 한숨을 긁어모아 포장마차에서 밤새 술을 마"(「마지막 학기」)시다가 "한밤의 심한 갈증, 깨어나, 얼어붙은 빗장을" 열던 "소양교 난간 나트륨 등빛의 겨울을 뒤집어쓴 화가"(「에드바르트 뭉크의 꿈꾸는 겨울 스케치」, 제1시집, 1992년) 뭉크는 어느새 환갑이 되었다. 그리고 마침내 그의 시는 '자연'으로 돌아왔다. "잠과 생의 경계 넘어가는 백 마리의 양처럼"(「아주 짧게 찰랑」) 길고 긴 불면의 끝에서 이렇게.

하루 그 짧은 순간, 잠시 눈 깜박이는 사이
피어난 꽃들 또 피어나고
물기 머금는 나무껍질 갈라진 틈,
그 사이 사이로 풋풋하고 얇은 바람 한 가닥
나무 고갱이까지 파고들어 얼음 녹이는
순간 떠오르는 화두話頭처럼 찰랑

—「아주 짧게 찰랑」 1연

현대시세계 시인선 151
차마고도 외전外傳

지은이_ 조현석
펴낸이_ 조현석
기　획_ 김정수, 우대식
펴낸곳_ 북인
디자인_ 푸른영토

1판 1쇄_ 2023년 08월 26일
출판등록번호_ 313 - 2004 - 000111
주소_ 121 - 842 서울 마포구 서교동 460 - 34, 501호
전화_ 02 - 323 - 7767
팩스_ 02 - 323 - 7845

ISBN 979-11-6512-151-8　　03810
ⓒ 조현석, 2023